Itsy-Bitsy Wolke

Ein heimlicher Wunsch wird erfüllt

Translated from the Original English version of
Itsy-Bitsy Cloud

Francis Edwards

Ukiyoto Publishing

Alle weltweiten Veröffentlichungsrechte liegen bei

Ukiyoto Publishing

Veröffentlicht in 2022

Inhalt Copyright © Francis Edwards

ISBN 9789357878463

Alle Rechte vorbehalten.
Kein Teil dieser Publikation darf ohne vorherige Genehmigung des Herausgebers in irgendeiner Form, sei es elektronisch, mechanisch, durch Fotokopie, Aufzeichnung oder auf andere Weise, vervielfältigt, übertragen oder in einem Datenabrufsystem gespeichert werden.

Die Urheberpersönlichkeitsrechte des Autors wurden geltend gemacht.

Dies ist ein Werk der Fiktion. Namen, Personen, Unternehmen, Orte, Ereignisse, Schauplätze und Vorfälle sind entweder Produkte der Phantasie des Autors oder werden fiktiv verwendet. Jede Ähnlichkeit mit tatsächlichen lebenden oder toten Personen oder tatsächlichen Ereignissen ist rein zufällig.

Dieses Buch wird unter der Bedingung verkauft, dass es ohne vorherige Zustimmung des Verlegers nicht verliehen, weiterverkauft, vermietet oder anderweitig in Umlauf gebracht werden darf, und zwar in keiner anderen Einbandform als der, in der es veröffentlicht wurde.

www.ukiyoto.com

Widmung und Danksagung

Dem Andenken von Lee Barry Turner gewidmet

Zurückgezogen von dieser Erde, 7. Februar 2022

Mein jetziger Schutzengel. Er sagte mir immer wieder, ich solle während seiner Krankheit jeden Tag schreiben, um meinen Geist zu beschäftigen und mich von seinen Problemen abzulenken. Am 7. Februar 2022 hörte er auf der Erde die gute Nachricht: "Herzlichen Glückwunsch, dein Buch wurde zur Veröffentlichung angenommen".
Lee Barry Turner wird mich bei jedem Schritt begleiten, den ich auf meiner lebenslangen Reise durch das Schreiben von Märchenbüchern, Essays und Gedichten für Kinder mache, bis unsere Seelen im Himmel durch die Gnade Gottes miteinander verbunden sind.
Illustrationen von Google durchsucht
Wo vermerkt, werden die Bilder aus diesen Recherchen verwendet:

Unsplash photos of Clouds:

Daoudi Aissa
Barrett
Scanner
Oskay
Emmanuel Appiah
Patrick Janser
Vladimir Anikeev
Nicole Geri
Josiah H
Julian Reijnders
Yurity Kovalov

Illustrationen auch heruntergeladen von Quelle lizenzfrei, kommerzielle Nutzung:

The Graphics Fairy

Free Vector Images

Pixels

Pixabay

Peakpx

Created illustrations using:

Text on Image

Clip Art Free Download

Ich danke Ihnen allen, dass Sie den Schriftstellern Ihre Türen öffnen, um sie zu nutzen.

INHALT

Itsy - Bitsy's Geheimnis	1
Itsy - Bitsy schreibt ein Gedicht	9
Itsy - Bitsy's verrät ihr Geheimnis	12
Der tiefe Traum	15
Besuch bei den Heinzelmännchen	17
Der Apfelbaumfeen-Häuptling	22
Kobolde	26
Krieg der Zwerge	31
Die Elfen	36
Kettenglied	41
Kelpie, das Pferd	46
Der Sturm	48
Über den Autor	*49*

Itsy - Bitsy's Geheimnis

Es war einmal ein kleines Mädchen, Itsy-Bitsy, das hatte einen so wunderbaren Geist. Sie wollte auf eine Wolke klettern. Sie behielt ihr Geheimnis nur für sich. Itsy-Bitsy wusste, dass ihre Freunde und vor allem ihr älterer Bruder Ziggy sich nur über ihren Wunsch lustig machen würden.

Itsy-Bitsy liebte es, Wolken anzuschauen. Große weiße, bauschige Wolken zogen immer ihre Aufmerksamkeit auf sich, wenn sie vor dem königsblauen Himmel langsam an ihr vorbeizogen. Sie bemerkte, dass diese besonderen Wolken immer ihre Form veränderten, bevor sie am Horizont verschwanden. Keiner verstand ihre Faszination. Ziggy schrie sie immer an, sie solle auf den Boden schauen, wenn sie zur Schule ging. "Itsy-Bitsy, du fällst noch hin. Was guckst du denn da? Ich werde es Mama sagen!" Itsy-Bitsy ignorierte ihn einfach und stolperte zur Schule. "Ziggy Cloud, lass mich einfach in Ruhe", sagte sie.

In der Schule angekommen, bat Itsy-Bitsy ihre Lehrerin immer um einen Platz am Fenster. Itsy-Bitsy erzählte ihrer Lehrerin, dass sie an Claus-Tro-Pho-Bia litt. Itsy-Bitsy schlug das Wort im Wörterbuch nach, das den Zustand als extreme Angst vor engen Räumen erklärte.

Itsy-Bitsy hörte das Wort eines Tages von ihrer Mutter Merry-Weather, als sie den anderen Müttern auf dem Spielplatz erklärte, warum Itsy-Bitsy immer nach oben schaut. Itsy-Bitsy wusste, dass dieses Etikett ihr in der Schule immer einen Fensterplatz in allen Klassen sicherte. Itsy-Bitsy wollte nur aus dem Fenster schauen können, um nach vorbeiziehenden Wolken Ausschau zu halten. Itsy-Bitsy war nicht allein. Auch andere Klassenkameraden schauten gerne aus dem Fenster, aber sie hielten nicht nach den Wolken Ausschau. Ab und zu wurde Itsy-Bitsy von ihren Lehrern dabei erwischt, wie sie aus dem Fenster schaute. Diese Lehrer warfen Itsy-Bitsy einen ernsten Blick zu, weil sie tagträumte.

Itsy-Bitsy führte ein Tagebuch. Jeden Tag, wenn sie eine Wolke sah, zeichnete sie deren Form und versuchte, sie zu identifizieren. Itsy-Bitsy stellte sich vor, ob die Wolke einem Schiff, einem Land, einem Tier, einem Stern, einem Baum oder einem Menschen ähnelte. Das war ihr Spiel. Das hat sie stundenlang amüsiert.

Itsy-Bitsy fügte Wolken in alle ihre Zeichnungen ein. Ihr Vater, Storm, bemerkte sie jedes Mal, wenn Itsy-Bitsy von der Schule nach Hause kam und eine neue Zeichnung an die Kühlschranktür hängte. Ihr Vater bemerkte dann: "Itsy-Bitsy, deine Wolke ist das beste Element in der ganzen Zeichnung. Wie du das machst. Das werde ich nie verstehen".

Eine der besten Zeiten in der Schule war für Itsy-Betsy die Teilnahme am Naturwissenschaftsunterricht. Sie liebte es, alles über Wolkenformationen zu lernen. Itsy-Bitsy lernte, dass es vier Hauptkategorien gibt. Diese Kategorien werden danach unterschieden, wie hoch die Wolken am Himmel sind. Itsy-Bitsy schrieb in ihr Notizbuch:

Die hohen Wolken werden Zirruswolken oder Federwolken genannt.

Zirruswolken sind so hoch, dass das Wasser in den Wolken gefroren ist. Wenn man diese Wolken sieht, bedeutet das, dass stürmisches Wetter im Anmarsch ist oder eine Warmfront im Anmarsch ist.

Cirrocumulus-Wolken sind lückenhaft aussehende Wolken. Gutes Wetter ist im Anmarsch.

Cirrostratuswolken sind milchig aussehende Wolken. Der ganze Himmel ist bedeckt. Man kann durch sie hindurchsehen. Das deutet darauf hin, dass eine Warmfront im Anmarsch ist. Schönes Wetter.

Die mittleren Wolken

Altocumulus-Wolken haben ein rundes und ovales Aussehen. Voll mit Regen. Der Regen verdunstet jedoch, bevor er auf dem Boden auftrifft. Diese Wolken zeigen den Beginn eines Gewitters an. Sie bedeuten auch, dass sich eine Kaltfront nähert.

Altostratus-Wolken sind graue, flächendeckende Wolken. Sie erzeugen leichten Regen.

Itsy-Bitsy hat dieses Bild klein gemacht, weil ihr das Aussehen dieser Wolken überhaupt nicht gefällt.

Die niedrigen Wolken

Stratuswolken sind Nebel und Dunst.

Stratocumulus-Wolken sind bauschige Wolken, die sehr dicht beieinander liegen. Sie prognostizieren wahrscheinlich einen leichten Nieselregen.

Die Multi Level Clouds zeigen eine große vertikale Aufwärtsbewegung.

Cumuluswolken sind schöne Wolken, die dahintreiben. Diese Wolken verschwinden am Abend. Sie bedeuten gutes Wetter.

Cumulonimbuswolken sind vertikale Berge.

Sie sagen Stürme mit starkem Regen oder Hagelkörnern voraus. Es könnte sogar ein Tornado entstehen.

Nimbostratus-Wolken verdunkeln die Sonne. Diese Wolken sind sehr dunkel. Je nach Jahreszeit produzieren sie Regen oder Schnee.

Itsy-Bitsy Cloud

Itsy - Bitsy schreibt ein Gedicht

Itsy-Bitsy kann nun in ihrem Notizbuch all die verschiedenen Wolken nachprüfen, die sie am Himmel findet. Ziggy kann ihr nicht verübeln, dass sie nach oben schaut. Jetzt kann sie das Wetter vorhersagen. Sie gibt ihrer Familie Ratschläge und hilft ihnen, Entscheidungen zu treffen, zum Beispiel einen Regenschirm mitzunehmen. Itsy-Bitsy hat angefangen, Wettervorhersagen zu einem Spiel zu machen. Sie notiert in ihrem Kalender, wie oft ihre Vorhersagen richtig sind. Jedes Mal, wenn Itsy-Bitsy richtig liegt, gibt Storm ihr eine Münze für ihr Sparschwein. Ziggy muss den Müll rausbringen. Ihre Mutter legt ihr ein zusätzliches Leckerli in die Schulbrotdose. Itsy-Bitsys Katze gibt ihr ein besonderes Miau, weil sie sie an vorhersehbaren Regentagen sicher im Haus hält.

Itsy-Bitsy wird so gut in der Wettervorhersage, dass alle in der Schule sie zu Rate ziehen, weil sie sich nicht mehr an die Wissenschaftsstunde über Wolken erinnern können. Mütter im Park und auf dem Spielplatz begannen, sich mit ihr zu beraten. Sie fragten Itsy-Bitsy, wie das Wetter wohl werden würde. Eine Mutter sagte: "Wir sind gerade dabei, Freibadpartys zu planen. Itsy-Bitsy genießt diese ganze Aufmerksamkeit. Jeden Tag lernt sie neue Freunde kennen. Alle Zeitungsjungen, einschließlich des Postboten, fragen Itsy-Bitsy, was für ein Wetter wir erwarten.

Itsy-Bitsy schreibt ein Gedicht für ihren Englischunterricht.

WOLKE, WOLKE, WOLKE...
KOMM HERUNTER...
KÖNNTE ICH...
AN BORD KLETTERN.

KANNST DU MICH MITNEHMEN...
CAMPING IM HIMMEL...
KOMM RUNTER ZU MIR.

ES KANN NICHT ZU FRÜH SEIN...
KANN NICHT WARTEN...
KANN DEINEN SEGEN KÜSSEN...
KANN DEINE GEGENWART FEIERN, WOLKE, WOLKE, WOLKE...

KOMM UND NIMM MICH MIT...
SETZE DEINE REISE FORT...
ZUSTAND, BEVOR DU VERSCHWINDEST.

Itsy-Bitsy liest Ziggy ihr Gedicht vor, aber er ist nicht beeindruckt. Er erklärt: "Das Gedicht ist verrückt, du kannst nicht auf einer Wolke sitzen, du verrücktes Mädchen, du wirst durch sie hindurchfallen. Ich werde dich bei Mama verpetzen"! Itsy-Bitsy antwortet: "Ich kann so tun, als ob, Dummkopf, jetzt geh und bring den Müll raus, bevor es regnet".

Itsy-Bitsy will ihrem Vater ihr Gedicht zeigen. Er ist so beeindruckt von dem Gedicht, dass er fragt: "Itsy-Bitsy, warum hast du all diese Wörter benutzt, die mit dem Buchstaben C beginnen? Itsy-Bitsy antwortet: "C ist der Buchstabe des Alphabets, den wir in der Schule lernen. Alle diese C-Wörter werden nächste Woche in unserem Rechtschreibtest vorkommen". "Oh, ich verstehe, hier ist ein Dollar für dein Sparschwein. Dein Gedicht war clever konstruiert, herzlichen Glückwunsch. Fahre fort, den Inhalt zu vermitteln; beanspruche das Urheberrecht".

Itsy - Bitsy's verrät ihr Geheimnis

Eines Tages wird Itsy-Bitsy von ihrer Mutter gebeten, in den Garten zu gehen, um Blumen für einen gedeckten Tisch zu pflücken. Merry-Weather plant, den örtlichen Gartenclub an diesem Nachmittag zu einem Mittagessen einzuladen. Während Itsy-Bitsy damit beschäftigt ist, Wildblumen wie blaue Glocken, Heidekraut, Lupinen und gelbe Blumen zu pflücken, kann sie nicht widerstehen, in die Wolken zu schauen. Als sie dies tut, stolpert Itsy-Bitsy über eine alte, rostige Gartendekoration. Sie hebt es auf und sieht, dass es ein Amor ist. Amor ist so glücklich. Er wurde endlich gefunden, nachdem er jahrelang versteckt war. Er rostete auf dem feuchten Boden vor sich hin. Itsy-Bitsy setzte den Amor auf einen großen Stein. Der Amor sagte: "Du hast mich gerettet. Für dich werde ich meinen letzten Pfeil abschießen. Mein Pfeil kann das Herz einer Gartenfee durchbohren, und sie kann dir einen Wunsch erfüllen." "Ja, ja, bitte mach weiter. Ich habe einen geheimen Wunsch. Ich habe es noch nie jemandem erzählt, außer meinem Kater Jumping-Jack. Er bewahrt mein Geheimnis, weil er die menschliche Sprache nicht sprechen kann.

Itsy-Bitsy setzt den rostigen Amor vorsichtig auf einen bequemeren, glatten Felsen, damit er sich beruhigen kann. Der Amor schoss seinen letzten Pfeil direkt auf eine Störung in einem lila Blumenbeet.

"Es ist eine Gartenfee", erklärt Itsy-Bitsy. "Ich kann sie genau sehen!"

Die Gartenfee flattert über einigen lila Blumen. Jetzt kann Itsy-Bitsy sie wirklich gegen den königsblauen Himmel sehen. Die Gartenfee ändert ihre Farbe immer passend zur Farbe der Blume oder des Gegenstandes, hinter dem sie sich versteckt. Heute ist sie lila. Sie passt zu den lila Blumen, hinter denen sie sich heute versteckt. Die Gartenfee sagt zu Itsy-Bitsy, dass sie nur ein Geheimnis gegen ein Geheimnis tauschen kann. Die Gartenfee sagt zu Itsy-Bitsy: "Du musst mir zuerst dein Geheimnis verraten, denn mein Herz ist durchbohrt". Itsy-Bitsy sagt: "Mein geheimer Wunsch ist es, auf eine Wolke zu steigen und in den Himmel zu schweben. Die Gartenfee antwortet: "Mein Geheimnis ist, dass ich keine Wünsche erfüllen kann, aber ich kann darum bitten, dass dein Wunsch von deiner guten Fee erfüllt wird. Sie ist die Einzige, die deinen Wunsch erfüllen kann. Da dein Nachname Cloud ist, heißt deine Patin Cloud. Du wirst sie erkennen. Sie wird in einem wunderschönen weißen, wolkenähnlichen Kleid zu dir kommen und einen Zauberstab mit einem Stern bei sich tragen."

Die Gartenfee sagt zu Itsy-Bitsy: "Ich verspreche, deiner Patentante Wolke deinen geheimen Wunsch mitzuteilen, wenn du eines Nachts tief schläfst. Dann darf ich in deinem Namen mit deiner Patentante Wolke sprechen. Deine Patin Wolke könnte jederzeit in den Tiefschlaf fallen und dir vielleicht deinen Wunsch erfüllen." Du darfst niemandem etwas davon erzählen. Wenn du es tust, wird dein Wunsch nicht erfüllt werden. Deine Patin Wolke wird nicht in deinen Schlaf eintreten, egal wie tief dein Schlaf wird. Dein Schlaf wird keine Träume haben, wenn das Geheimnis herausgefunden wird. Du musst dich jeden Tag und jede Stunde am Tag daran erinnern, es niemandem zu erzählen.

Die Gartenelfe hört Schritte. Sie muss gehen. Sie muss wegfliegen und sich in einem lilafarbenen Blumenbeet verstecken. Sie verschwindet so schnell, wie sie aufgetaucht ist.

Itsy-Bitsy dreht sich um und sieht ihren Bruder, Ziggy. Er ruft: "Warum lässt du dir so viel Zeit, Mama braucht die Blumen sofort. Beeil dich, Itsy-Bitsy, oder ich werde Mama von dir erzählen. Man kann sich nicht darauf verlassen, dass du etwas tust"!

Itsy-Bitsy wird ganz aufgeregt. Sie eilt mit einem Arm voller Blumen davon. Sie nimmt sich nicht einmal die Zeit, sie in den Weidenkorb zu legen, den sie mitgebracht hat. Itsy-Bitsy ist so glücklich. Sie weiß nicht, was sie denken soll. Nur eines weiß sie ganz genau. Sie darf niemandem ihr Geheimnis verraten.

Der tiefe Traum

Jede Nacht sagte Itsy-Bitsys Mutter zu ihrer Tochter, nachdem sie ihr eine Geschichte vorgelesen hatte: "Träum süß, mein Schatz". Es kamen keine Träume. Die arme Itsy-Bitsy konnte niemandem von ihrem Geheimnis erzählen. Der Einzige, der es wusste, war ihre Katze Jumping-Jack. Er konnte nur miauen. Itsy-Bitsy erinnerte sich daran, was die Gartenfee gesagt hatte: "Das Geheimnis würde wie eine Kumuluswolke verschwinden, wenn ein Geheimnis auch nur ein bisschen beim Schnarchen widerhallen würde.

Eines Nachts begann Itsy-Bitsy, sich im Schlaf hin und her zu wälzen. Jumping-Jack begann zu miauen und zu miauen, lauter und lauter. Da erschien die gute Fee Wolke. "Ich bin gekommen, um dir deinen geheimen Wunsch zu erfüllen. Jetzt kannst du in Frieden ruhen, mein liebes Kind. Du hast die Prüfung bestanden. Du hast keiner Menschenseele ein Geheimnis von uns oder dir verraten. Viele Kinder haben dich um deinen geheimen Wunsch gebeten, aber sie haben alle versagt. Du hast allen Verlockungen widerstanden. Du hast dich mir gegenüber bewährt. Diese anderen Kinder konnten den geheimen Wunsch, auf eine Wolke zu steigen, nicht erfüllen. All ihre hoffnungsvollen Wolken verwandelten sich in Regen. Ihr Wunsch wurde verregnet. Sie können nicht auf ihre einst gewählte Wolke klettern. Ihr Wunsch ist für immer verschwunden. Du hast Glück. Deine Wolke wartet auf dich.

Der Berg, auf dem ich lebe, ist die Hauptstadt des Feenlandes. Ich bin die Königin des Feenland-Berges. Ich habe meinen Berg angewiesen, dir eine Mützenwolke zu machen. Sobald du den Berg erklommen hast, werde ich mit meinem Zauberstab Aufwinde auf den Gipfel des Berges leiten, um deine Hütchenwolke zu formen. Deine Katze wird sich von dir satteln lassen. Sie kann dann auf die Wolke springen.

Die Klatschwolke bringt dich in meine Welt, die Andere Welt genannt wird. Du wirst mein Königreich besuchen. Um deine Ankunft zu bestätigen, musst du in jedem Terrain der Anderen Welt eine Postkarte abgeben. Diese Postkarten enthalten die Adressen aller Fae, die du besuchen wirst. Nach dem Besuch wird die Postkarte von der Gartenfee, die mir deinen geheimen Wunsch mitgeteilt hat, zu mir zurückgeflogen. Damit wird dein Besuch bestätigt. Clap Cloud wird mit dir und Jumping-Jack an Bord zu einem neuen Gebiet mit anderen Feenmenschen weiterfliegen. Wenn die Gartenfee zu mir zurückfliegt, ohne eine vom Oberhäuptling des jeweiligen Gebiets unterzeichnete Postkarte, wird die Kappenwolke ohne dich und Jumping-Jack weiterfliegen. Du und deine Hauskatze werden für immer in meiner Anderen Welt bei den Terrain-Fees leben. Ihr werdet sie nie verlassen. Alle meine Untertanen verpflichten sich, Geheimnisse für sich zu behalten. Niemand in deiner menschlichen Welt wird jemals herausfinden, wo du in meinem Jenseitsreich bist.

Godmother Cloud hat eine weitere Regel, die alle Feen befolgen müssen. Feen lügen nie. Die Wahrheit muss gesagt werden.

"Und jetzt ab mit euch!"

Besuch bei den Heinzelmännchen

Die Klatschwolke zieht über den Himmel und schwebt über dem Ackerland. Itsy-Bitsy und Jumping-Jack können Bauernhoftiere, eine Scheune und das Haus eines Bauern sehen. Itsy-Bitsy denkt bei sich: "Wie wunderbar". Sie fragt Cap Cloud: "Ist das das erste Terrain?" Ja, und jetzt nimm die richtige Postkarte mit der Aufschrift Brownies mit, wenn Jumping-Jack dich von mir nimmt.

Itsy-Bitsy und Jumping-Jack kommen an und werden von Brownie Hard Worker begrüßt: "Willkommen"! "Es ist schön, eine zusätzliche helfende Hand auf dem Farmgelände zu sehen". "Deine schöne Perserkatze kann sich ein Zuhause in der Ferne schaffen. Er kann in den großen Kürbis dort drüben springen. Ich glaube, er wird sich dort sehr gerne einnisten."

Brownie Hard Worker erklärt, dass der Bauer mit meiner Hilfe nachts alle Kürbisse von den Feldern eingesammelt hat. Sie sind zur Zeit des Kürbisschnitzens gekommen. Kürbisse werden mit Gesichtern geschnitzt. Nachts werden sie mit Kerzen angezündet, um die Geister zu verscheuchen. Geister sind keine Feen. Geister können Gespenster, Hexen, Teufel, Vampire oder Zombies sein, die die Tiere auf dem Bauernhof erschrecken. Sie tauchen am 31. Oktober aus dem Nichts auf. Die Menschen nennen diesen Tag Halloween. Deine Aufgabe ist es, Gesichter in 50 Kürbisse zu schnitzen. In jeden Kürbis muss ein anderes Gruselgesicht geschnitzt werden. Ich muss jetzt gehen und dem Oberhäuptling des Farmland-Geländes sagen, dass du hier bist. Viel Glück, meine Liebe. Wir sehen uns später. Fangt so schnell wie möglich an, Kürbisse zu schnitzen. Hier ist ein Schnitzmesser. Pass auf, dass du dich nicht schneidest. Übrigens, deine Katze kann jeden geschnitzten Kürbis zu den einzelnen Tierställen bringen. Stellen Sie sicher, dass Sie ein paar zusätzliche Kürbisse für die Schweine bereitstellen. Sie fressen immer ein paar vor der Halloween-Nacht.

Hard Worker macht sich auf den Weg, um dem Farmgelände-Häuptling mitzuteilen, dass die Klatschwolke einen Besucher aus der Menschenwelt zum Kürbisschnitzen gebracht hat.

"Hierher, hierher", schreit Hard Worker. Ihr Name ist Itsy-Bitsy Cloud. Sie wird für uns Kürbisse schnitzen. Schau, sie hat schon angefangen.

Head Farmland Terrain Chieftain ist als gruseliger Kürbis verkleidet. Als er Itsy-Bitsy begrüßt, erklärt er ihr, dass seine Aufgabe in der Halloween-Nacht darin besteht, das Haus des Bauern vor bösen Eindringlingen zu schützen. Ich muss auf der Veranda des Bauern bleiben. Bitte erschrecken Sie nicht über mein Aussehen. Nach Halloween werde ich wieder wie ein normaler Brownie mit spitzen Ohren aussehen. Itsy-Bitsy ist einfach zu ängstlich, um ihm ihre Postkarte zu geben. Jumping-Jack rennt zu seinem Kürbis und springt hinein. Itsy-Bitsy beschließt, zu warten, bis sie 50 Kürbisse geschnitzt hat.

Itsy-Bitsy schnitzt und schnitzt weiter Kürbisse. Bald gehen ihr die verschiedenen Gesichter aus, die sie schnitzen kann. Sie schnitzte Ziggys Gesicht zehnmal aus! Auf zehn verschiedene Arten. Itsy-Bitsy sagt Jumping-Jack, er solle die meisten Kürbisgesichter von Ziggy in den Schweinestall bringen. Itsy-Bitsy hofft, dass die Schweine hungrig sind. Als sie 33 Gesichter erreicht hat, beginnt die arme Itsy-Bitsy, verschiedene Wolken auf die Kürbisse zu schneiden. Sie denkt, dass Sturmwolken die Hexen abschrecken könnten. Die Hexen werden Angst haben, bei einem Sturm zu fliegen.

Nachdem Itsy-Bitsy den Heinzelmännchen geholfen hat, möchte sie die Wolken weiter machen. Itsy-Bitsy findet einen cleveren Weg, um ihre Postkarte an den Häuptling zu schicken. Itsy-Bitsy steckt ihre Postkarte in einen ihrer geschnitzten Kürbisse, um dem Häuptling ihre geschickte Arbeit zu zeigen. Der fleißige Arbeiter bringt den Kürbis zum Häuptling, und als er den Deckel anhebt, um eine Kerze hineinzustellen, greift seine Hand nach der Postkarte. Er unterschreibt die Postkarte und die Gartenfee, die nun orangefarben ist, kommt aus einigen gestapelten Kürbissen herausgeflattert und nimmt die Postkarte unter ihre Flügel. Die Gartenfee verschwindet aus dem Blickfeld, um die Postkarte an Patin Cloud zu überbringen.

Wenige Stunden vor Sonnenuntergang in der Halloween-Nacht erschien die Mützenwolke, und Jumping-Jack nahm Itsy-Bitsy auf seinen Rücken und sprang auf die Mützenwolke. Itsy-Bitsy war so glücklich. Sie wusste, dass jeder Kobold, der in der Halloween-Nacht auf dem Farmgelände herumjagte, Jumping-Jack erschrecken würde. Jumping-Jack konnte weglaufen und sich irgendwo auf der Farm verstecken und würde nie gefunden werden. Itsy-Bitsy glaubte sogar, dass die Schweine Jumping-Jack anstelle eines Kürbisses mit Ziggy-Gesicht essen könnten.

Itsy-Bitsy spielte dem Häuptling in der Halloween-Tradition einen Streich. Es wurde keine Lüge erzählt. Itsy-Bitsys Belohnung war die Klatschwolke, die kurz vor Sonnenuntergang eintraf. Itsy-Bitsy und Jumping-Jack konnten alle beleuchteten Kürbisse rund um die Farm sehen, zusammen mit einer Menge seltsamer Schatten, als sich die Clap Cloud bei Vollmond und Sternenhimmel entfernte.

Der Apfelbaumfeen-Häuptling

Die Cap Cloud kommt nicht sehr weit. Sie beginnt, über einem dichten Wald voller riesiger alter Bäume zu schweben. Die Mützenwolke hält an. Itsy-Bitsy und Jumping-Jack springen in einen dichten, dunklen Wald. Itsy-Bitsy beginnt, einem Pfad zu folgen, den sie zwischen einigen Bäumen findet. Die Bäume sehen aus, als würden sie schon seit hundert Jahren oder mehr dort wachsen. Sie haben riesige Stämme, wie die Elefanten in einem Zoo. Itsy-Bitsy bemerkt, dass einige Bäume Äste haben, die wie Gesichter aussehen. Sie glaubt auch, dass sich hinter einigen der Bäume etwas versteckt. Jumping-Jack beginnt, einen bestimmten riesigen Apfelbaum zu miauen. Jumping-Jack bewegt sich überhaupt nicht vorwärts. Der arme Kater ist wie angewurzelt. Er schaut nur immer wieder nach oben und miaut einen sehr beängstigenden Ton. Itsy-Bitsy hört das gleiche Geräusch von Jumping-Jack kurz vor einem Katzenkampf. Das Miauen wird zu einem zischenden Geräusch. Jumping-Jack krümmt seinen Rücken und bereitet sich auf den Kampf vor. Itsy-Bitsy ist verängstigt. Wie Jumping-Jack erstarrt sie und beginnt zu zittern. Sie will weglaufen, kann sich aber nicht bewegen.

Der alte Apfelbaum beginnt mit einer sehr hohlen, tiefen Stimme zu sprechen. "Ihr seid auf das Terrain der Dryaden gekommen und ich bin der Häuptling Apfelbaum. Macht euch keine Sorgen. Wir Dryaden treten nie aus unseren Bäumen heraus. Wir werden ein Teil des Baumes, wenn sich ein Knoten in ein Gesicht verwandelt.

Ich bin die einzige Dryade mit Augen, die dich sehen kann. Meine Augen lassen mich die Kinder aus eurer Welt sehen, die versuchen, sich hinter Bäumen zu verstecken, damit ich sie nicht sehen kann. Ich glaube, dass einige der Kinder, die sagen, sie hätten ihre Postkarten verloren, lügen. Andere haben Angst, mir ihre Postkarten zu geben, weil sie sich vor meinem Aussehen oder meiner Stimme fürchten, was eher der Wahrheit entspricht. All diese Kinder müssen für immer hier bleiben. Sie sitzen hier fest. Sie alle leben von Nüssen oder von den Äpfeln, die heruntergefallen sind und von meinem Stamm weg auf den Boden gerollt sind. Sie sind zu sehr an die süßen Worte ihrer Mütter gewöhnt. Meine tiefe, hohle Stimme hält sie von meinem Baum fern. "Habt ihr Angst vor mir?" "Nein, aber meine Katze, Jumping-Jack, hat Angst. Ich habe einen Bruder, der manchmal eine tiefe, hohle Stimme hat, genau wie du. Seine Stimme wird besonders tief, wenn er droht, meine Mutter zu verpetzen".

Langsam kommen die Kinder hinter den Bäumen hervor, um Itsy-Bitsy und Jumping-Jack zu begrüßen. Itsy-Bitsy wurde von ihrer Mutter aufgefordert, weniger glücklichen Kindern zu helfen.

Itsy-Bitsy bittet um eine Postkarte von jedem Kind. Itsy-Bitsy erzählt den Kindern im Flüsterton. Ich werde dem Baumhäuptling einen Streich spielen. Ich verspreche euch, dass ihr alle mit mir mitgehen werdet. Die Kinder antworten: "Der Baumhäuptling wird uns mit seinen Ästen jagen. Wir werden es nicht bis zu deiner Wolke schaffen." Itsy-Bitsy antwortet: "Oh nein, das wird er nicht, er lügt nicht. Wenn mein Trick funktioniert, wird die Gartenfee all eure Postkarten erhalten und zu Godmother Cloud zurückfliegen. Itsy-Bitsy sagt: "Tricksen ist nicht flunkern".

Jedes Kind übergibt seine Postkarte an Itsy-Bitsy. Sobald dies geschehen ist. Itsy-Bitsy springt auf dem Rücken von Jumping-Jack auf die Rückseite des Häuptlingsbaums. Der Baum spürt gar nichts. Itsy-Bitsy versteckt mit der Hilfe von Jumping-Jack hinter jedem Blatt eine Postkarte mit Baumsaft. Itsy-Bitsy wählt Blätter aus, die herbstgold oder orange sind.

Itsy-Bitsy wartet, bis eine leichte Brise durch den Wald weht und die losen Blätter von den Bäumen schüttelt. Wenn dem Häuptling die fallenden Blätter in die Augen fallen, nimmt er einen Zweig, um das Blatt von seinen Augen wegzuhalten. An diesen Blättern ist eine Postkarte befestigt. Itsy-Bitsy und Jumping-Jack hüpfen vor Freude auf und ab. Itsy-Bitsy ruft aus: "Seht, Kinder, mein Trick hat funktioniert!

Die Gartenfee, jetzt in Grün und Herbstgold gekleidet, kommt von einem Ast heruntergeflattert. Sie nimmt alle Postkarten mit, die von der Häuptlingsdryade unterschrieben sind. Die Kinder springen alle vor Freude auf und ab. Itsy-Bitsy: "Du bist so sehr, sehr schlau. Jetzt können wir mit dir und deiner Katze gehen. Vielen Dank, vielen Dank!"

Itsy-Bitsy und Jumping-Jack sind auch glücklich. Itsy-Bitsy muss nicht mehr allein reisen, sie hat neue Freunde, mit denen sie sich unterhalten kann. Jumping-Jack wird viel Aufmerksamkeit bekommen, mit Kuscheln und Umarmungen.

Schon bald taucht die Mützenwolke auf, und Jumping-Jack trägt auf seinem Rücken fünf neue Freunde, um sie zu umarmen.

Itsy-Bitsy ist so glücklich, Freunde zu haben, mit denen sie reden kann, dass sie ein Gedicht zur Erinnerung an den alten Apfelbaum schreibt.

A wie Apfel, Apfel, Apfel

Apfelbaum...

Kann rot sehen...

Erlaubt zu haben...

Eine Menge zu nehmen.

Weg mit ihnen...

Ein guter Baum...

Konto zu ersetzen...

Ein anderes Jahr wird kommen.

Immer ein gutes Vergnügen...

Schürze an...

Gutes Maß anwenden...

Gemäß den Anweisungen.

Zugriff auf die...

Aroma zu entfachen...

Appetit...

Zustimmung zu folgen.

Beifall...

Erlaubt dir eine weitere...

Füge deinen Segen hinzu für...

Äpfel, Äpfel, Äpfel.

Kobolde

Die Mützenwolke zog mit den Passatwinden quer durch den Himmel und trieb die Kinder den ganzen Weg über den Atlantik von einem Gebiet in Nordamerika nach Europa. Die verschlafenen Kinder werden in die Heimat der Leprechauns gebracht, die die Hunnen Irland nennen.

Diese schüchternen Feen bestehen ausschließlich aus Männern. Sie gehörten schon zum Terrain der Leprechauns, als noch keine Menschen dort lebten. Die Leprechauns sind zu einem Symbol geworden, das in das moderne Irland übernommen wurde. Es gibt viele irische Geschichten über sie in der irischen Folklore.

Die Kinder werden langsam geweckt, indem sie Musik und Tanz hören, die immer lauter zu werden scheinen. Sie hören Klopfgeräusche wie Hämmer, die sich im Takt der Musik bewegen. Die Kinder sind nun alle hellwach und wollen mitmachen. Die Kinder sind froh, auf festem Boden zu landen. Die Kinder hatten Wolkenschlaf. Die Zeit marschiert rückwärts, wenn man nach Osten reist. Die Müdigkeit haben sie schnell überwunden. Sie sind von den freundlichen Leprechauns umgeben. Das ist ihre Art, Neuankömmlinge in ihrem Gebiet willkommen zu heißen. Ein Leprechaun hielt sogar ein Schild hoch, das alle Kinder lesen konnten.

"Kinder, ihr seid alle herzlich eingeladen, euch zu erfrischen und an unserer Party teilzunehmen." Während ihr euch amüsiert, werden wir Schuster euch neue Schuhe machen. Wir wissen, dass Kinder ihre Schuhe sehr schnell abnutzen. Das wird unser Geschenk an euch sein. Wir werden der Katze ein neues Halsband aus den Resten der Lederschuhe machen. Itsy-Bitsy antwortet: "Wie wunderbar, vielen

Dank". Jumping-Jack fügt sein Miauen hinzu. Alle Kinder klatschen und fangen an, herumzutanzen und sich albern zu benehmen.

Itsy-Bitsy merkt bald, dass jedes Mal, wenn sie mit den Augen blinzelt, der Kobold, mit dem sie spricht, verschwindet. Itsy-Bitsy denkt bei sich: "Wie soll ich dem Kobold sechs Postkarten geben, wenn ich blinzle? Ich kann nicht aufhören zu blinzeln. Ich weiß, dass ich einen cleveren Trick anwenden muss.

Itsy-Bitsy fragt einen Leprechaun: "Was macht man mit unseren alten, abgetragenen Schuhen"? Der Leprechaun antwortet: "Das lassen wir den Häuptling Terrain Leprechaun entscheiden. Wir geben ihm alle alten Schuhe, und unser Chieftain Leprechaun wird sie nach ihrem Zustand sortieren. Wenn etwas wiederverwendet werden kann, werden wir es davor bewahren, dass es zu Winterbrennstoff wird. Unsere kleinen Häuser in den Dörfern überall auf unserem Terrain werden mit alten, nicht mehr zu reparierenden Schuhen beheizt".

Itsy-Bitsy schlägt die Beine übereinander und denkt nach. Sie weiß aus vielen Märchenbüchern, dass noch nie jemand einen Kobold gefangen und einen Topf voll Gold erhalten hat. Tatsächlich hat in den letzten tausend Jahren niemand je einen Kobold gefangen, erinnert sie sich, irgendwo gelesen zu haben, oder vielleicht hat Ziggy es ihr erzählt. Itsy-Bitsy will keinen Topf mit Gold. Gold lässt die Mützenwolke jedenfalls nicht kommen, um sie mit ihren neuen Freunden abzuholen. Itsy-Bitsy muss sich etwas einfallen lassen, um die Postkarten in die Hand des Chieftain Leprechaun zu geben.

Itsy-Bitsy weiß, dass alle Feen Geschenke lieben. Itsy-Bitsy sammelt heimlich alle Postkarten der Kinder ein. Sie legt jede Postkarte in den richtigen Schuh von jedem Paar. Sie gibt den rechten Schuh von jedem Paar in eine Schachtel und umwickelt die Schachtel mit Papier, das sie von einem der Kobolde angefordert hat. Das Geschenkpapier ist mit vierblättrigen grünen Kleeblättern bedeckt, einem Glückssymbol der Leprechauns. Itsy-Bitsy packt alle Schuhe des linken Fußes in eine Tüte und übergibt die Tüte an einen Schuster. Sie überreicht das eingepackte Geschenk dem Leprechaun-Häuptling des Geländes. Itsy-Bitsy sagt, ohne mit der Wimper zu zucken: "Chieftain Terrain Leprechaun, bitte nehmt dieses bescheidene Geschenk von allen Kindern der Cap Cloud an, als Dank für eure Gastfreundschaft und eure freundliche

Bewirtung. Der Häuptling schüttelt zuerst die Schachtel und öffnet sie dann, um die Schuhe zu sehen. Er freut sich über diese Fürsorglichkeit. Er begutachtet jeden Schuh und nimmt die Postkarten entgegen. Freudig setzt er seine Unterschrift auf jede Karte. Itsy-Bitsy sieht die Gartenfee hinter einem vierblättrigen Kleeblatt hervorkommen. Die Gartenfee ist ganz in Grün gekleidet, nimmt die Postkarten und fliegt mit ihnen davon.

Itsy-Bitsy rennt schließlich zu allen Kindern, die nun in ihren neuen Schuhen tanzen. Sie warnt sie vor der herannahenden Mützenwolke. Jumping-Jack schnurrt mit seinem neuen blauen Kragen, der breiter geworden ist, um stärker zu sein. Die Kinder werden sich sicherer fühlen, wenn sie sich an ihm festhalten, wenn sie auf die Klatschwolke transportiert werden.

Itsy-Bitsy schreibt ein weiteres Gedicht zu Ehren dieses glücklichen Ereignisses.

B wie BOOK, BOOK, BOOK

Glauben Sie mir, ich werde lesen...

Am besten zum Genießen...

Besser als spielen...

Sei mein Freund.

Wird mein Ziel zu lesen...

Jenseits meines Wissens...

Hinter meiner Vergangenheit...

Ein neues Abenteuer zu beginnen.

Erhelle jede Stunde...

Becken meine Gedanken...

Durchbricht meine...

Langeweile.

Tapferes kleines...
Buch, Buch, Buch
Binde die Seiten...
Binde die Geschichte für mich.
Glaube an Kobolde.

Krieg der Zwerge

Die Cap Cloud konnte in den tiefen, klaren, rein blauen Himmel starten. Diesmal fragte die Mützenwolke Itsy-Bitsy: "Wohin in der anderen Welt möchtest du deine Freunde als Nächstes bringen?" "Bitte bring uns zum Gnomen-Terrain. Ich weiß, dass Zwerge freundlich sind. Sie mögen es, viel Spaß zu haben. Ich habe Gnome zu Hause in meinem Garten. Ziggy stolpert immer über einen, wenn er mir hinterherläuft. Er gibt mir immer die Schuld und sagt: 'Ich werde Mama von dir erzählen'. Wir würden uns alle freuen, sie zu besuchen. Da bin ich mir sicher".

Als Itsy-Bitsy über die Cap-Wolke blickte, sah sie ein riesiges Schild, als die Cap sich dem Land näherte.

Itsy-Bitsy beschloss, die fünf Kinder auf der Mützenwolke abstimmen zu lassen, bevor sie in diesem neuen Terrain landeten. Das wäre die beste Lösung, denn die Abstimmung konnte nicht ausgeglichen ausfallen. Die Abstimmung wurde per Handzeichen durchgeführt. Die Grünen Zwergenhüte gewannen.

Itsy-Bitsy war mit der Entscheidung zufrieden, denn ein Grüner Hut-Zwerg hielt das Schild in der Hand! Als Itsy-Bitsy von Jumping-Jack befreit wurde, fragte er den Gnom, worum es bei dem Kampf ging. Der Gnom erklärte: "Der Krieg wurde von den Menschen angezettelt. Sie wollten nur Rotmützenzwerge für ihre Gärten kaufen. Viele

Grünhut-Zwerge wurden neidisch. Die Grünhüte haben zu Hämmern gegriffen, um die Rotmützen zu zertrümmern und sie aus den Regalen zu entfernen. Die Menschen werden nur noch eine Wahl haben: Grüne Hüte kaufen. Die Produktion von Grünhüten in unseren Fabriken ist seit einiger Zeit rückläufig, was für viele Grünhut-Zwerge zu Arbeitslosigkeit und Not geführt hat". Auf dem Gnomen-Terrain gibt es zwei Häuptlinge, einen mit roter und einen mit grüner Mütze. Der Häuptling, der den Kampf gewinnt, wird hier, in der Nähe des Schildes, erscheinen und den Sieg verkünden. Bleibt versteckt, bis ihr ein Pferd herankommen seht. Nur die beiden Häuptlinge haben ein Pferd.

Itsy-Bitsy wird rot im Gesicht. Ihre Mutter hat gerade einen Rotmützen-Zwerg für den Garten gekauft. Itsy-Bitsy möchte die Mütze nun grün anmalen, wenn sie nach Hause kommt. Ziggy wird wahrscheinlich sagen: "Ich werde Mama von dir erzählen"!

Itsy-Bitsy und die fünf Kinder können keinen Kampf sehen, aber sie hören, wie auf dem fernen Feld Keramikhüte von den Statuen geschlagen werden. Der Gnom mit der grünen Mütze sagt zu allen Kindern. Wenn ihr Angst habt, versteckt euch in den Löchern, die ihr neben den Baumwurzeln im Wald dort drüben gegraben habt. Die Rotmützen rücken in diese Richtung vor und könnten unsere Verteidigungslinie bald durchbrechen. Ihr seht, unsere Kämpfer sind schwächer als die der Roten Mützen. Wir hatten keine Nahrung, die uns zu starken Kämpfern gemacht hätte. Die Situation wird deutlich. Der Lärm an der Kampffront wird lauter und lauter. Alle Kinder beschließen zu rennen und sich in den Löchern um die Wurzeln der Bäume in der Nähe des großen Schildes zu verstecken. Die Kinder erinnern sich an ihre Bestrafung, weil sie zu Hause Dinge kaputt gemacht haben. Sie wollen nicht in einen Kampf zwischen den Rotmützen und den Grünmützen verwickelt werden. Wenn die Kinder nach Hause kommen, werden sie vielleicht hart bestraft.

Aus dem nun ruhigen Schlachtfeld taucht ein Häuptling Terrain Gnome auf einem Pferd ohne Hut direkt vor Itsy-Bitsy und Jumping-Jack auf.

Kurz bevor alle Kinder in ein Versteck rannten, sammelte Itsy-Bitsy ihre Postkarten ein. Itsy-Bitsy bemerkte zu dem Häuptling: "Du hast deinen Hut verloren". "Nein", erwiderte er und lachte. "Ich habe ihn abgenommen, um mich davor zu schützen, von Freund oder Feind zerschmettert zu werden". Itsy-Bitsy schöpfte aus all den Informationen, die ihr der Grünmützenzwerg gegeben hatte, eine Vermutung. Itsy-Bitsy nahm einen roten Hut, den sie in der Nähe gefunden hatte, und steckte die Postkarten in den Hut. Der Häuptling des Geländes setzte die Mütze auf und nahm die Postkarten entgegen.

Der Rote-Hut-Häuptling des Geländes teilte Itsy-Bitsy mit, dass ein Waffenstillstand ausgerufen wurde und die Schlacht beendet ist. Die Red Hats werden in den Menschengeschäften ein Angebot an die Kunden machen, dass sie beim Kauf eines Red Hats einen Green Hat zum halben Preis erhalten. Dieser Plan wird die Grünhüte bei Laune halten und ihre Arbeiter mit der Herstellung von Zwergen beschäftigen. Alle gewinnen.

Die Gartenfee, die jetzt rot und grün aussieht, kam aus einem grünen Hut und flog mit den unterschriebenen Postkarten davon. Schließlich nahmen die Kinder an einer Waffenstillstandsfeier teil. Die Mützenwolke kam und schwebte lange genug über dem Fest, damit alle Kinder von Hampelmann weiter getragen werden konnten.

H wie Hürde

Haufenweise auf dich...
Auf dem Weg zu dir...
Halte durch.

Habe die Entschlossenheit...
Auf die Prüfungen zusteuern...
Triff das Ziel.

Hoffe auf das Beste...
Einen neuen Plan aushecken...
Hagel den, wenn er erfolgreich ist.

Schmeiß die Hürde hinunter...
Verstecke sie hinter...
Noch eine Hürde zu nehmen?

Die Hälfte der Liste ist weg...
Spring zu einer anderen Entdeckung...
Hier kommt ein weiteres Geheimnis.

Glücklich wirst du sein...
Schwer, nicht zu widerstehen...
Anderen zu helfen.

Rote Hüte...
Grüne Hüte...
Sie haben die Wahl...
Heimischer Garten wird umarmt.

Die Elfen

Die Mützenwolke glitt über einen weiteren sehr blauen Himmel, an dem alle Kinder hingen. Diesmal zog die Klatschwolke in nördlicher Richtung direkt auf den Nordpol zu. Alle Kinder spürten die kalten Temperaturen und schnappten sich zusätzliche Decken und Pullover, um sich warm zu halten. Die meisten Kinder hatten grüne Hüte aus dem Zwergenland auf dem Kopf. Eines der Kinder wusste, wer am Nordpol wohnte, und rief seinen Namen: Santa Clause. Die Kinder hörten ihn laut und deutlich. Itsy-Bitsy und Jumping-Jack konnten die Aufregung auf all ihren Gesichtern sehen.

Das erste, was die Kinder nach der Landung sahen, waren die Rentiere. Ja, alle neun von ihnen. Sie hatten den Auftrag, die Kinder in das Terrain-Königreich des Weihnachtsmannes zu bringen. Das Problem war nur, dass sie den Auftrag des Weihnachtsmannes nicht erfüllen konnten. Es gab mehr Rentiere als Kinder. Die Rentiere könnten sich darum streiten, welches Rentier sich ein Kind aussuchen darf. Die Rentiere schnaubten und machten einen Aufstand. Itsy-Bitsy wusste, was zu tun war. Sie ließ die fünf Kinder zwei Schneemänner bauen. Nun hatte jedes Rentier einen Insassen zu transportieren - 6 Kinder, 2 Schneemänner und Jumping-Jack. Nun war alles gut.

Die Rentiere machten sich mit ihrer Fracht auf den Weg durch den Schnee zum Reich des Weihnachtsmannes. Dort angekommen, wurden die Kinder von der Elfe Ify begrüßt. Ify sagte immer: "Ify, du machst das, ich mache das". Ify hat nie etwas allein gemacht. Er brauchte immer Hilfe oder sagte allen zuerst, was sie tun sollten. Er sagte zu Itsy-Bitsy und den Kindern: "Wenn ihr euch aufstellt, öffne ich die Tür des Weihnachtsmannreiches. Wenn du deine Hand ausstreckst, werde ich die Elfen dazu bringen, dir die Hand zu schütteln. Wenn du den Elfen deinen Namen sagst, werde ich dir ihren Namen sagen. Wenn du dich an den Tisch setzt, lasse ich die Köche das Mittagessen für dich zubereiten. Wenn die Köche mir helfen, das Essen an den Tisch zu bringen, werde ich das Essen servieren".

Itsy-Bitsy fragte Ify: "Ist der Weihnachtsmann der Oberhäuptling des Geländes?". Ify sagte nein, aber der Weihnachtsmann vertritt den Oberelfen. Vor vielen Jahren hat uns unser Elfenhäuptling verlassen. Das Seelie-Gericht, das Streitigkeiten unter den Elfen schlichtet, entschied, dass der Oberelf des Geländes aus dem heutigen Königreich des Weihnachtsmanns, dem Nordpol, verbannt werden sollte. Itsy-Bitsy fragte: "Was hat er getan"? Der Elfenhäuptling hasste Weihnachten. Er weigerte sich, das Fest zu feiern. Er erzählte eine Lüge und gab jahrelang vor, Weihnachten zu mögen. Itsy-Bitsy fragte dann: "Wie hat die andere Welt das herausgefunden"? Eines Weihnachtsfestes befahl der Oberelfe den Elfen, alle Spielsachen mit Mängeln herzustellen. Der Oberelfe änderte sogar die Anweisungen in Zeichnungen ab, so dass die Spielzeuge auseinander fielen. Der Weihnachtsmann lieferte diese Spielzeuge in die ganze Welt. Erst im nächsten Jahr wurde der Elfenhäuptling enttarnt. Aus der ganzen Welt erreichten uns Briefe von Kindern, die sich über das Spielzeug beschwerten, das sie zu Weihnachten erhalten hatten. Die Kinder wünschten sich in ihren Briefen Spielzeug, das eine Garantie gegen Mängel enthielt. Diese Briefe wurden gesammelt und per Eilboten an den Seelie Court geschickt, um sie zu untersuchen. Der Hof befragte die Elfen, die das Spielzeug herstellten. Die Elfen nahmen ihre Baupläne mit. Die Baupläne wurden von dem Elfen Terrain Chieftain genehmigt.

Das Gericht stellte auch fest, dass der Elfenhäuptling gutes Spielzeug mitnahm und es im Schnee vergrub. Diese Tatsache kam ans Licht, als das Weihnachtsmann-Königreich ein frühes Tauwetter erlebte. Einige Elfen fanden Spielzeug. Die Elfen lieferten sich eine Schneeballschlacht. Diese Elfen sahen, dass Spielzeug aus dem Schnee ragte. Vor der Schneeballschlacht hatten Rentiere, die auf der Suche nach Futter auf dem Boden herumtrampelten, die Spielzeuge zerbrochen.

Der Hof der Seelie hielt sich an die Regel, dass man kein Leben in Lügen führen kann. Der Elfenhäuptling brach die Goldene Regel des Terrains, nicht zu lügen. Die Patenelfe Wolke schickte unseren Elfenhäuptling zum Südpol. Sie schickte zwei besondere Wolken, die Perlmuttwolken genannt werden. Die gute Fee schickte auch eine besondere Botschaft, die von einer Gartenfee an den Häuptling Elf überbracht wurde und die besagte: "Wenn die Spielzeuge nicht vor der Ankunft am Südpol repariert werden, werden die Perlmutt-Wolken verschwinden und sich auflösen. Du wirst in den Ozean fallen und zusammen mit den Spielzeugen verschwinden, die niemand will". Wir haben eine Kopie des Briefes in unserem Weihnachtsmannmuseum. Niemand hat etwas von dem Elfenhäuptling gehört, aber ein paar Spielsachen wurden von einigen Affen gefunden. Diese Spielsachen wurden an einem Strand in Afrika angespült, haben wir gehört.

Kein einziger Elf wollte den Elfenhäuptling auf seinem Weg ins Exil zum Südpol begleiten. Der Elfenhäuptling ging sogar so weit, seinen Elfen zu befehlen, zu gehen. Dies führte zu einer Revolte. Eines Nachts wartete eine Gruppe von Elfen, bis der Häuptling eingeschlafen war. Diese Elfen fesselten den Elfenhäuptling mit Bändern und Schleifen in seinem Schlafgemach. Als die beiden Perlmutterwolken eintrafen, banden die Elfen zusätzliche Bänder vom Bett an einen besonders großen Ballon. Er wurde in der Spielzeugfabrik für diesen Anlass hergestellt. Als der Ballon die größte Perlmutterwolke erreichte, wurde ein Pfeil abgeschossen, der den Ballon platzen ließ. Der Elfenhäuptling fiel kopfüber herunter. Er landete genau in der Mitte der größten Perlmutterwolke. Die Elfen machten den gleichen Trick mit den kaputten Spielsachen. Sie banden Bänder an Luftballons und befestigten sie an den kaputten Spielzeugen. Diese Ballons wurden mit Pfeilen abgeschossen, und die kaputten Spielzeuge landeten auf der kleineren Perlmutterwolke.

Die Elfen feierten die Abreise des Häuptlings und dankten den neun Rentieren dafür, dass sie die im Schnee vergrabenen Spielzeuge gefunden und ausgegraben hatten. Die Rentiere wurden vom Seelie-Gericht für unschuldig befunden. Alle Elfen blieben im Königreich des Weihnachtsmanns und stellten Spielzeug her.

Der Weihnachtsmann wurde nie durch einen neuen Terrain Chieftain Elf ersetzt. Jedes Jahr feiern wir den Weggang des Elfenhäuptlings. Wir nennen diesen Feiertag Upcycle Day.

Alle Feen aus der Anderen Welt schicken uns ausrangierte Spielsachen, die sie in Mülltonnen gefunden haben. Die Gartenelfen lassen sie zu Hunderten einfliegen. Wir bereiten diese Spielsachen wieder auf und schicken sie an Heiligabend mit dem Weihnachtsmann wieder auf die

Reise. All die Arbeit, die unsere Elfen mit diesen ausrangierten Spielsachen leisten, hilft, den Klimawandel aufzuhalten. Morgen ist Upcycling-Tag. Du wirst den Weihnachtsmann treffen. Ifty sagt noch etwas: "Sorge dafür, dass alle deine Freunde und Jumping-Jack einen Wunschzettel erstellen, den sie morgen dem Weihnachtsmann geben.

Itsy-Bitsy bringt alle Kinder und Jumping-Jack dazu, ihre Weihnachtswünsche auf ihre Postkarten zu schreiben. Der nächste Tag bricht an, und alle sind auf dem Fest. Überall im Reich des Weihnachtsmanns gibt es Feuerwerk, riesige Luftballons, Schleifen aus Bändern und Zuckerstangen. In der Werkstatt sind die Elfen damit beschäftigt, eine Kiste nach der anderen von den Gartenfeen entgegenzunehmen. Itsy-Bitsy hat eines ihrer Spielzeuge entdeckt, das sie zu Hause im Garten vergessen hat. Itsy-Bitsy beschließt, dass Ziggy es ihrer Mutter erzählt haben muss. Ihre Mutter muss Ziggy gesagt haben, dass er es in den Mülleimer werfen soll, wenn du das nächste Mal den Müll rausbringst. Das Spielzeug war Itsy-Bitsy's Lieblingspuppe.

Itsy-Bitsy schreibt eine Bitte auf ihre Postkarte an den Weihnachtsmann, damit er ihr die Puppe zurückgibt. Die Puppe ist Betsy Wetsey. Itsy-Bitsy hat sie vor ein paar Jahren vom Weihnachtsmann bekommen.

Die Kinder begrüßen den Weihnachtsmann und geben ihm ihre Postkarten. Die Gartenfee erscheint aus einer Schachtel und nimmt die Postkarten vom Weihnachtsmann und einen Keks mit. Der Weihnachtsmann bittet den Elf Ifty, die Puppe zu suchen. Ifty sagt, dass er gerne nach der Puppe suchen würde, wenn einige Elfen ihm zuerst helfen würden, die rollende Metallrutsche hinunter zu rutschen. Der Weihnachtsmann sagte: "Ho, Ho, Ho! Alle Kinder schlossen sich Ifty an und purzelten die Rutsche vom zweiten in den ersten Stock hinunter. Die Kinder hatten so viel Spaß, dass niemand wollte, dass der Spaß aufhörte. Die Weihnachtselfen verteilten Zuckerstangen und selbstgebackene Schokoladenkekse an alle Elfen und Kinder, die es bis zum Boden der Rutsche schafften. Ifty zog eine Puppe aus einer der Schachteln und reichte sie Itsy-Bitsy. "Ja, ja, das ist meine Puppe, meine Betsy Wetsy!" "Danke, Weihnachtsmann"! "Danke, Ifty"!

Das war gerade noch rechtzeitig. Als einer der Weihnachtselfen aus dem Fenster schaute, sah er die Mützenwolke, die sich dem Reich des Weihnachtsmanns näherte. Itsy-Bitsy sagte dem Weihnachtsmann und Ifty, dass bald alle Kinder auf dem Weg sein würden. Jumping-Jack aß zu viele Kekse, aber er schaffte es trotzdem, alle Kinder auf die Mützenwolke zu bringen. Und schon flogen sie in einen strahlend blauen Himmel.

Kettenglied

Die Mützenwolke kam auf das Königreich des Weihnachtsmannes zu, mit dem ausdrücklichen Auftrag der guten Fee, die Kinder in die Welt des Häuptlingswechsel-Links zu treiben. Die Goldene Regel der Patin für alle in der Anderen Welt lautete, nicht zu lügen. "Niemand sollte eine Lüge leben".

Itsy-Bitsy ist ein wunderschönes Kind mit langem goldblondem Haar. Ihre violetten Augen waren ungewöhnlich. Sie war klein, aber in der Schule sehr beliebt. Ihre Persönlichkeit strahlt Zuversicht aus, so wie sie ihr Wissen über die Wettervorhersage mitteilt. Ihr fiel auf, dass alle ihre Klassenkameraden größer waren als sie. Itsy-Bitsy begann, Fragen zu stellen. Eines Tages befragte sie ihre Mutter über ihre geringe Größe. Ihre Mutter antwortete: "Mach dir keine Sorgen um deine Größe. Du wirst bald größer werden. Du wirst größer werden, wenn du schläfst". Itsy-Bitsy weigerte sich, sich in irgendeinem Spiegel in ihrem Haus zu betrachten, weil sie in ihrem Herzen wusste, dass sie nicht größer werden würde. Itsy-Bitsy ließ eine Markierung auf ihre Schlafzimmertür zeichnen, die ihre Körpergröße anzeigte. Monat für Monat wurde keine neue Markierung hinzugefügt. Sogar Ziggy begann sie zu hänseln und nannte sie "Shrimpy". Storm sagte zu Itsy-Bitsy: "Wenn du nicht größer wirst, bleibst du niedlich und kannst viel kuscheln. Itsy-Bitsy war nur viermal so groß wie ihre Puppe Betsy Wetsy! Die meisten Kinder bekamen jedes Jahr neue Kleidung, weil sie aus ihnen herauswuchsen. Itsy-Bitsy hingegen wuchs nie aus ihrer Kleidung heraus. Sie musste ihre Kleidung tragen, bis sie abgenutzt war. Itsy-Bitsy bekam nie neue Schuhe. Sie mussten Löcher in den Sohlen haben. Itsy-Bitsy fand diesen Zustand nicht fair. Ziggy bekam immer wieder neue Kleider und Schuhe. Er wurde von Jahr zu Jahr größer und größer.

Die Mützenwolke kam schließlich über das Terrain Chain Link. Die Mützenwolke verkündete, dass das einzige Kind, das die Wolke verlassen durfte, Itsy-Bitsy war, da sie das einzige Kind mit einer

Postkarte für den Terrain Chieftain Link war. Die Mützenwolke konnte nicht lügen. Er kannte andere Gründe, versuchte sie aber geheim zu halten, bis ein Kind weinte, aber warum? Die Wolke antwortete: "Dieses Terrain ist sehr gefährlich. Die Fairy Links könnten dich mitnehmen und einen doppelten Wechsel vornehmen und dann noch einen doppelten Wechsel und wieder und wieder. Sie könnten dich hin und her zu deiner menschlichen Familie oder wieder zurück in die andere Welt bringen. Ihr seht, dass die Feen der Veränderungsverbindung schon oft Kinder ausgetauscht haben. Man kann ihnen nicht trauen. Sie geben ihre Feenkinder an menschliche Eltern ab, damit sie sie im Austausch gegen menschliche Kinder aufziehen. Die Wechsellink-Elfen glauben, dass ihre Kinder eine bessere Ausbildung erhalten oder ihnen mehr Möglichkeiten geboten werden, wie zum Beispiel besseres Essen. Vielleicht werden sie am Ende sogar größer. Diese Situation ist sehr gefährlich für euch fünf Kinder, da ihr alle auf dem Weg in die Menschenwelt seid. Bleibt auf der Klatschwolke. Ihr werdet bei mir sicher sein. Ich werde euch alle euer Lieblingsspiel spielen lassen, nämlich raten, was ich sehen kann".

Itsy-Bitsy war sehr mutig. Sie hüpfte auf dem Hampelmann und landete auf Terrain Change Link. Vielleicht konnte sie die Wahrheit herausfinden. Vielleicht würde sie ihre Wurzeln herausfinden. Sie könnte sich mit ihrer Existenz auseinandersetzen. Was genau wusste der Change Link, was sie nicht wusste? Könnte sie jemals die Wahrheit erfahren? Welche Fragen würde sie stellen? Schlimmer noch, wäre es nur ein Komplott, sie aus der Wolke zu lassen, um sie zu behalten? Es wäre ihr egal, wenn sie ihren Bruder Ziggy nie wieder sehen würde, aber sie würde ihre Mutter und ihren Vater vermissen. Solche Gedanken strömten aus ihr heraus, vermischt mit Tränen und Taumel. Sie versuchte, sich selbst zu beruhigen, indem sie daran dachte, dass sie, egal was bei diesem Besuch herauskommen würde, immer noch Jumping-Jack und ihre Lieblingspuppe, Wetsey Betsy, hatte.

Itsy-Bitsy hörte Schritte, die aus dem dichten Wald, der den größten Teil des Sonnenlichts abschirmte, auf sie zukamen. Die Bäume in dieser Gegend bildeten ein Blätterdach, durch das nur wenige Lichtstrahlen den Boden berührten. Mit jedem Schritt, der näher kam, wurde Itsy-Bitsy ein bisschen nervöser. Schließlich blieben die Schritte direkt unter einem Lichtstrahl stehen. Eine Stimme verkündete: "Ich bin der Terrain-Häuptling Change Link. Ich habe ein Archivbuch aus unserer Abteilung für Links mitgebracht. Link Runner hält das Buch in der Hand, damit du es lesen kannst.

Er wird dir helfen, deinen Namen nachzuschlagen, Itsy-Bitsy Cloud. Vielleicht steht dein Name nicht in dem Buch. Komm mit ins Licht, um gemeinsam zu sehen, was dort zu finden ist. Itsy-Bitsy zögert, aber die Neugierde treibt sie ins Licht. Link Runner findet ihren Namen im Buch und zeigt auf den Namen Itsy-Bitsy Cloud. Im Buch der Anderen Welt steht, dass du in Wirklichkeit eine Fee bist, die zu unserem Change Link Terrain gehört. Der Runner Link sagt weiter, dass du zu einer Menschenfamilie namens Cloud gewechselt bist. Wir haben deine Flügel gestutzt und deine Ohren verändert, damit kein Mensch erraten kann, dass du eine Fee bist. Itsy-Bitsy brach in Tränen aus, als sie diese Nachricht hörte. "Was wird mit mir geschehen?" Diese Worte konnte man zwischen ihrem Schluchzen hören. Der Häuptling Link versucht, Itsy-Bitsy zu beruhigen. Die Patin Wolke hat diesen Besuch arrangiert, damit du nicht mit einer Lüge leben musst. Keine Fee in einer anderen Welt und kein Mensch in einer Menschenwelt sollte mit einer Lüge leben. Die Wahrheit beseitigt alle Zweifel und schenkt deinem Wesen Glück. Die Patin Wolke hat aus deinen Fragen über deine Größe geschlossen, dass es höchste Zeit für dich ist, die Wahrheit zu erfahren. Deine wunderbare Persönlichkeit wird sich nicht ändern. Du wirst in deiner adoptierten Menschenwelt immer noch geliebt werden. Niemand dort wird sich jemals fragen, woher du kommst. Itsy-Bitsy sagt: "Ich bin immer noch verwirrt. Mit wem wurde ich vertauscht?" Der Chieftain Link antwortet: "Du wurdest gegen ein kleines Menschenmädchen ausgetauscht." "Kann ich sie kennenlernen?" "Nein, leider ist sie vor ein paar Jahren gestorben, weil sie nicht hören wollte. Sie sprang von ihrem Baumhaus, um auf eine Wolke zu klettern. Sie fiel purzelnd auf den Boden. Wie du hatte sie den gleichen geheimen Wunsch. Aber sie hat nicht auf die gute Fee gewartet, um ihren Wunsch zu erfüllen".

Itsy-Bitsy fragt: "Was wird mit mir, meiner Puppe und Jumping-Jack geschehen? Chieftain Link erklärt Itsy-Bitsy, dass der tragische Tod des menschlichen Schalters nun niemals mit der Familie Cloud stattfinden kann. Du wirst zu ihnen zurückkehren, vorausgesetzt, du hältst dich an die von der Patin aufgestellten Bedingungen für deine Reisen auf der Clap Cloud. Itsy-Bitsy ist sehr erleichtert.

Jetzt muss sie nur noch ihre Postkarte in die Hände von Terrain Chieftain Link bringen. Itsy-Bitsy geht zu Runner Link, um ein letztes Mal ihren Namen in dem Buch zu sehen. Sie weiß, dass der Häuptling Link das Buch unterschreiben muss, um sein Treffen mit Itsy-Bitsy festzuhalten. Sie hat viele seiner Unterschriften auf den verschiedenen Seiten gesehen, die der Läufer Link umblätterte. Itsy-Bitsy legt ihre Postkarte auf ihre Namensseite im Buch. Der Häuptling erhält die Postkarte, als er das Buch unterschreibt. Die in Zeitungspapier gekleidete Gartenfee kommt aus den Buchdeckeln geflogen und fordert die Postkarte. Sie verschwindet mit der Postkarte. Kurze Zeit später erscheint die Mützenwolke über einer Baumkrone. Jumping-Jack klettert mit Itsy-Bitsy und ihrer Puppe auf dem Rücken auf den höchsten Baum. Dann macht Jumping-Jack einen großen Sprung und landet auf Cap Cloud. Alle Kinder klatschen. Sie sind so glücklich, sie zu sehen! Die Kinder haben Itsy-Bitsy einen Heiligenschein aus der Mützenwolke gemacht. Jetzt nennen die Kinder Itsy-Bitsy den Mützenwolkenengel. Ihr neuer Name.

Kelpie, das Pferd

Die Klatschwolke trieb sehr langsam in Richtung Norden. Die Kinder schliefen alle, und so ließ sich die Wolke Zeit, bis sie ihr neues Ziel, das Kelpie-Terrain, erreichte. Die Kinder wurden alle aus ihrem tiefen Schlaf geweckt, als sie ein Pferd hörten, das sein charakteristisches Geräusch von sich gab. Eines der Kinder rief: "Schaut mal da drüben". Sie alle sahen ein pferdeähnliches Wesen am Ufer eines Flusses stehen. Es war so blau wie das Wasser.

Sobald die Klatschwolke in der Nähe des Pferdes schwebte, wollte jedes Kind als erstes in der Schlange stehen, um das Pferd zu streicheln. Das Pferd schien freundlich zu sein. Jumping-Jack tat seine Arbeit und brachte jedes Kind in die Nähe des Pferdes. Jedes Mal, wenn das Pferd gestreichelt wurde, hob und senkte es dankend seinen Kopf. Es wirkte sehr freundlich.

Ein Kind kam auf die Idee, auf ihm zu reiten. Das Kind ließ sich von Jumping-Jack auf seinen Rücken heben. Nun wollten auch alle anderen Kinder reiten.

Das Pferd kam diesem Wunsch nach, indem es seinen Rücken streckte, um Platz zu schaffen, aber es war nur genug Platz für fünf Kinder. Itsy-Bitsy, die ein Engel war, stand allein am Flussufer und sah zu, wie jedes Kind einen Platz auf dem Rücken des Pferdes einnahm. Eines der Kinder beschloss, seinen Platz aufzugeben, damit Itsy-Bitsy seinen Platz einnehmen konnte. Das Kind konnte nicht absteigen. Das Kind klebte auf dem Rücken fest. Alle anderen Kinder versuchten der Reihe nach, abzusteigen. Alle saßen fest. Sie klebten auf dem Rücken des Pferdes fest. Itsy-Bitsy war entsetzt.

Itsy-Bitsy eilte zu dem Pferd. Itsy-Bitsy nahm alle Postkarten und versuchte, die Kinder einzeln abzusteigen. Jede Postkarte blieb an dem Pferd hängen.

Das Pferd galoppierte in den Fluss. Itsy-Bitsy stand erschrocken am Flussufer. Das Pferd verschwand direkt im Wasser. Später sah Itsy-Bitsy eine Postkarte auf dem Wasser auftauchen. Es war ihre Postkarte.

Die Gartenfee tauchte hinter einem Baum am Flussufer auf, ganz in Blau gekleidet, und holte die Postkarte. Sie flog mit ihr davon.

Bald darauf kam die Klatschwolke. Jumping-Jack brachte Itsy-Bitsy mit ihrer Puppe schnell auf die Clap Cloud.

Itsy-Bitsy, der dicke Tränen über das Gesicht liefen, erklärte mit einem Schrei: "Ich will nach Hause gehen. Ich habe keine Postkarten mehr".

Der Sturm

Itsy-Bitsy kann sich, wie viele Wetterfrösche, irren. Sie ließ das Fenster in ihrem Schlafzimmer offen. Am frühen Morgen zog ein heftiger Regensturm mit starkem Wind auf. Der Regen und der Wind fingen an, die Fenstervorhänge zu zerreißen und an den Fensterläden in ihrem Schlafzimmer zu rütteln. Ziggy war bereits aufgestanden. Er machte sich gerade für die Schule fertig, als er seltsame Geräusche aus Itsy-Bitsys Schlafzimmer hörte. Er stürmte ins Schlafzimmer und schlug das Fenster zu.

Dieses Geräusch weckte Itsy-Bitsy aus ihrem tiefen, tiefen Traum auf. Ziggy sagte: "Ich werde Mama von dir erzählen".

Über den Autor

Francis Edwards

Francis Edwards hat es geschafft, das Victoria-Tunnelbuch in eine moderne 3D-Präsentation für Erzähl- und Lernbücher für Kinder umzuformatieren. Bis heute hat er 15 Titel veröffentlicht. Auf Etsy.com können Sie eines seiner Tunnelbücher erwerben.

Seine Essays, Gedichte und Schriften können auf Medium.com gelesen werden. Er hat auch eine Präsenz auf Smashwords.com.

www.ingramcontent.com/pod-product-compliance
Lightning Source LLC
LaVergne TN
LVHW041555070526
838199LV00046B/1972